親子閱讀故事集 1

馬翠蘿
麥曉帆
利倚恩 著

新雅文化事業有限公司
www.sunya.com.hk

使用說明

《親子閱讀故事集》系列

《親子閱讀故事集》全套2冊，每冊包含30個故事，每篇故事有趣、簡短，非常適合家長與孩子每天進行親子閱讀。

《親子閱讀故事集❶》的故事包含了動物、德育、生活、常識、勵志、成長和友情七個主題，讓孩子輕鬆閱讀，透過淺白的故事學會各種各樣的知識和待人處事的道理。

新雅・點讀樂園 升級功能

本系列屬「新雅點讀樂園」產品之一，備有點讀和錄音功能，爸媽和孩子可以使用新雅點讀筆，聆聽粵語朗讀故事、粵語講故事和普通話朗讀故事，亦能點選圖中的角色，聆聽對白。點讀功能生動地演繹出每個故事，讓孩子隨着聲音，進入豐富多彩的故事世界，而且更可錄下爸媽和孩子的聲音來說故事，增添親子閱讀的趣味！

「新雅點讀樂園」產品包括語文學習類、親子故事類和知識類等圖書，種類豐富，旨在透過聲音和互動功能帶動孩子學習，提升他們的學習動機與趣味！家長如欲另購新雅點讀筆，或想了解更多新雅的點讀產品，請瀏覽新雅網頁 (www.sunya.com.hk) 或掃描右邊的 QR code 進入 新雅・點讀樂園 。

如何配合新雅點讀筆閱讀本故事集？

啟動點讀筆後，請點選封面，然後點選書本上的故事文字或說話的人物，點讀筆便會播放相應的內容。如想切換播放的語言，請點選各故事首頁左上角的 粵 ☆ 普 圖示，當再次點選內頁時，點讀筆便會使用所選的語言播放點選的內容。

如何製作獨一無二的點讀故事集？

爸媽和孩子可以各自點選每個故事首頁左上角的   圖示，錄下自己的聲音來說故事啊！

1. 先點選圖示上**爸媽錄音**或**孩子錄音**的位置，再點 **OK**，便可錄音。
2. 完成錄音後，請再次點選 **OK**，停止錄音。
3. 最後點選 ▶ 的位置，便可播放錄音了！
4. 如想再次錄音，請重複以上步驟。注意每次只保留最後一次的錄音。

如何下載本故事集的聲音檔案？

1. 瀏覽新雅網頁(www.sunya.com.hk) 或掃描右邊的 QR code 進入 新雅‧點讀樂園 。
2. 點選 下載點讀筆檔案 ▶ 。
3. 依照下載區的步驟說明，點選及下載《親子閱讀故事集》的聲音檔案至電腦，並複製至新雅點讀筆的「Books」 資料夾內。

目錄

動物故事

德育故事

生活故事

常識故事

勵志故事

成長故事

友情故事

粵語朗讀故事

粵語講故事

普通話朗讀故事

文：麥曉帆
圖：ruru lo Cheng

小豬可不笨

全全是個害羞的男孩子，因為長得胖胖的，有些小朋友便開玩笑地叫他做「豬豬」。

剛開始的時候，全全很不高興，對媽媽說：「為什麼大家要叫我做『豬豬』呢？豬又笨又髒，每天都只懂得睡覺和吃東西，我可不是一隻豬呢！」

媽媽聽了，安慰他說：「如果你不喜歡這個名字，可以叫其他小朋友不要再這樣稱呼你。不過，你知道嗎？小豬其實不笨也不髒。」

「真的嗎？」全全好奇地問。

媽媽說：「對啊。小豬就像小貓小狗一樣，可以成為人類的好朋友。牠們天生溫馴聰明，據說比小狗還懂得聽從人類的命令呢！」

媽媽接着說：「豬的鼻子很靈敏，經過訓練後，可以幫助警察找到毒品，成為緝毒豬；而豬對人類的友善態度，也讓牠們可以成為動物醫生，為病人帶來快樂。」

「豬真的很有用啊！」全全說，「不過，為什麼牠們總是髒兮兮的呢？」

媽媽說：「牠們身上經常有泥巴，是因為牠們會在泥漿裏打滾來降低體溫，其實牠們也喜歡洗澡和保持自身清潔，在很多地方都是招人喜歡的寵物！」

「原來豬是這麼可愛的，」全全邊說邊點着頭，「我得把這一切都告訴我的朋友們啦！」

神秘的地洞

文：利倚恩
圖：Kiyo Cheung

大清早，小鹿一走出屋外，便見到地面有兩個圓形的洞。

小鹿十分疑惑：「為什麼會這樣？」

小鹿一邊把地洞填好，一邊想來想去，可怎樣也想不出原因。

第二天早上，小鹿又走出屋外，發現地面竟然有四個圓形的洞。小鹿嚇了一跳：「怎會變成四個洞？」

太可惡了！究竟是誰偷偷走來挖洞？為了查出真相，小鹿決定今晚不睡覺。

天黑了，小鹿坐在門前盯着屋外。等呀等，小鹿的眼皮越來越重，不知不覺睡着了。

天亮後，地面竟然有六個圓形的洞。

小鹿大聲喊：「怎會越來越多地洞？」

情況越來越嚴重了，小鹿於是在白天睡覺，確保夜晚不會再睡着。

到了晚上，鬧鐘「鈴鈴」響，小鹿起牀，走到門前，不眨眼地盯着屋外。

過了一會兒，地底傳出窸窸窣窣的聲音，兩隻地鼠從地底鑽出來了。小鹿終於明白了，說：「啊，原來是你們晚上在我家門前鑽地洞！」

地鼠哥哥說：「對不起，我們沒有留意這是你家附近。」

地鼠弟弟說：「我們住在地底，晚上才出來，既然你還沒睡覺，我們一起玩『抓地鼠』吧。」

地鼠兄弟帶小鹿到遠處，鑽了很多地洞，在地洞裏鑽出鑽入，小鹿要趁他們探出頭時抓住他們。

這個遊戲真有趣，大家都在笑聲中成為了好朋友。

粵語
講故事

普
普通話
朗讀故事

文：利倚恩
圖：Monkey

小蜜蜂採花蜜

森林裏開了很多漂亮的花，蜜蜂妹妹採了很多香甜的花蜜，準備帶回家釀蜜糖。

蜜蜂妹妹回家時，遇到一隻大熊站在路上，大聲喊：「交出所有花蜜！」

大熊很兇惡，蜜蜂妹妹很害怕，只好交出花蜜，哭着回家。

第二天，蜜蜂姊姊陪妹妹採花蜜，回家途中又遇到大熊。

妹妹問姊姊：「大熊又來了，我們怎麼辦？」

回家只有一條路，蜜蜂姊妹不能繞路走，只好飛回花叢裏。

小蜜蜂們聚集在一起，商量不被大熊搶走花蜜的方法。

一隻小蜜蜂提議：「我們不如用蜂針刺大熊啦！」

蜜蜂姊姊說：「不可以！我們的蜂針用了一次後，我們便會很快死亡！」

蜜蜂妹妹扁起嘴說：「大熊就是知道我們不會用蜂針刺他，才會欺負我們。」

蜜蜂姊姊腦筋一動，想出一個好方法。

過了幾天，大熊又來到蜜蜂回家的路上，見到樹上竟然多了三個新蜂巢。

大熊很開心，說：「今天一定搶到很多花蜜，哈哈哈！」

可是，當大熊再看清楚，才發現新蜂巢不是開放式，而是封閉式，看不到裏面六角形的蜂房。

不好了！這是虎頭蜂的蜂巢！虎頭蜂的針可以用很多次，卻不會令自己受到傷害。大熊想一想被虎頭蜂的蜂針刺着都覺得痛，趕快跑掉了。

小蜜蜂們從花叢裏飛出來，高興得拍手歡呼。

原來，這裏根本沒有虎頭蜂，那是小蜜蜂們用泥土做的假蜂巢啊！

OK
孩子錄音

文：馬翠蘿
圖：Elaine-Arche Workshop

站着睡覺的馬叔叔

動物園裏來了一隻小老虎，和馬叔叔做了鄰居。

因為來的時候路途辛苦，小老虎吃完晚飯，就跟馬叔叔說了晚安，然後趴在軟軟的乾草上睡着了。

可能是住進新房子的第一天吧，小老虎總是睡得不安穩，天還沒亮就醒了。

小老虎看看隔壁，馬叔叔睡得正香，還打着呼嚕呢！但是好奇怪啊，馬叔叔怎麼是站着睡覺的呢？

天亮了，馬叔叔醒來了。

小老虎說：「馬叔叔，早上好！」

馬叔叔說：「小老虎，早上好！」

小老虎好奇地問：「馬叔叔，請問你為什麼要站着睡覺呢？」

馬叔叔笑着說：「在很久很久以前，我們的祖先經常被獵人追殺，或者被兇猛的野獸吃掉，所以要時刻保持警惕，睡覺也不敢躺下，隨時準備逃跑。」

機靈的小老虎說：「哦，我明白了，站着睡覺是你們祖先留下來的習慣！」

馬叔叔說：「對了，小老虎真聰明！」

小老虎興致勃勃地說：「馬叔叔，今天晚上我想跟你一樣站着睡覺，看看是不是很好玩。」

馬叔叔哈哈大笑說：「好啊，你就試試看！」

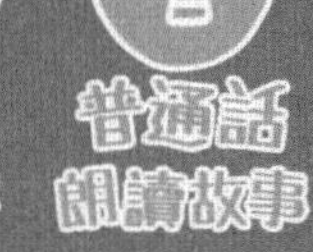

文：麥曉帆
圖：伍中仁

三文魚回家

海洋裏有一羣三文魚，這天，他們去跟好朋友海龜告別，說要回家了！

海龜奇怪地問：「咦？海洋不就是你們的家嗎？」

「不！」帶頭的三文魚說，「我們的家在湖裏。我們在湖裏出生後，游到大海裏找食物。現在我們長大了，要回到出生的地方產卵，養育小三文魚。」

海龜聽後嚇了一跳：「什麼，你們要游回湖裏去？這太困難了。你們來的時候是順流而下，不費力氣，但現在你們回去是要逆着水流而上，又辛苦、又危險呢！」

「我們必須回去。」三文魚堅定地說，「因為湖水才適合我們下一代成長！」

三文魚們起程回家了。他們迎着洶湧的海浪，不斷地往前推進，剛往前游了三米，便又被海水沖回兩米，但他們還是堅持着游啊游啊。

在回家的路上，他們還遇到了一道又一道的堤壩，每當這時候，三文魚們便會鼓起勇氣，奮力跳出水面，越過障礙物。他們並不是每次都會成功，很多時候不但跳不過去，還被撞得頭破血流。不過他們不肯放棄，一次跳不過去，再來第二次，直至成功為止。

最後，三文魚們終於回到自己的家鄉。

有一天，海龜收到了一封信。原來是三文魚們寫信來報平安，海龜感慨地說：「三文魚們為了下一代，不怕艱險從海洋回到湖裏，他們實在太了不起了！」

粵語朗讀故事 粵語講故事 普通話朗讀故事

OK 孩子錄音

文：利倚恩
圖：Monkey

買雪糕

牛姨姨的雪糕車來了，小白兔、小虎妹妹、小花貓和小鴨子排隊買雪糕。

小虎妹妹見到哥哥，大聲喊：「我在這裏啊！」

小虎哥哥馬上插隊，還稱讚妹妹：「排第二，做得好！」

小花貓很生氣，斥責小虎哥哥：「你要排隊，不能插隊。」

小虎妹妹說：「他是我哥哥，我們是一塊兒的，不算插隊。」

小花貓以堅定的語氣說：「哥哥又怎樣？我前面只有你和小白兔，遲來的就要排在後面。」

小虎哥哥不服氣，哼着鼻子走到後面排隊。

快要輪到小虎哥哥的時候，河馬兄弟趁着牛姨姨轉身，突然衝到最前面。

小虎哥哥大叫：「牛姨姨，他們插隊啊！」可是，牛姨姨看不到剛才發生什麼事。

「我們一直站在這裏。」河馬兄弟向小虎哥哥做鬼臉，小虎哥哥又生氣又委屈。

這時候，小花貓走過來，對牛姨姨說：「小虎哥哥排在小鴨子後面，是河馬兄弟插隊。」

牛姨姨搖搖頭說：「說謊和插隊都是不對的啊！」

「哼！我們才不要吃雪糕。」河馬兄弟趕快逃離現場。

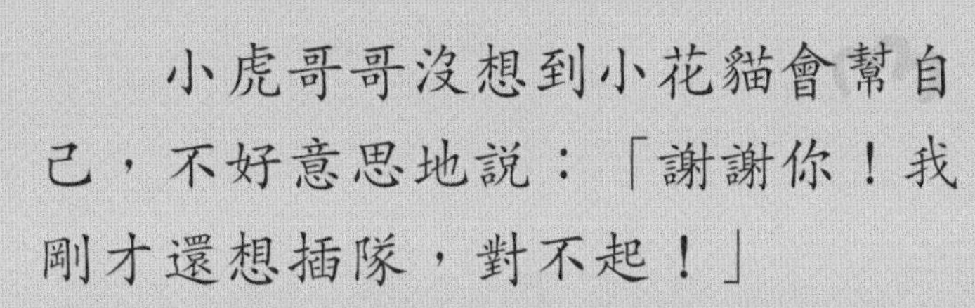

小虎哥哥沒想到小花貓會幫自己，不好意思地說：「謝謝你！我剛才還想插隊，對不起！」

既然小虎哥哥認錯了，小花貓也原諒他。大家開開心心地吃雪糕，之後還一起玩耍呢！

普通話
朗讀故事

文：利倚恩
圖：步葵

小猴子的栗子甜品

秋天到了，栗子成熟了。

小猴子採了很多栗子，打算帶回家做栗子甜品。

香噴噴的栗子蛋糕做好了，香味從廚房飄出窗外，傳到小熊的鼻子裏。小熊很想吃栗子蛋糕，口水都流出來了。

小熊問：「我可不可以吃栗子蛋糕？」

小猴子不想把栗子蛋糕分給他，騙他說：「小熊吃栗子蛋糕會肚子痛。」

「噢！真的嗎？」小熊抓着頭走開了。

熱騰騰的栗子餡餅烤好了，香味從廚房飄出窗外，傳到小狐狸的鼻子裏。小狐狸很想吃栗子餡餅，口水都流出來了。

小狐狸問：「我可不可以吃栗子餡餅？」

小猴子不想把栗子餡餅分給他，騙他說：「小狐狸吃栗子餡餅會喉嚨痛。」

「哼！你不請我吃就算了。」小狐狸不高興地走開了。

之後，小猴子還做了栗子泡芙和焦糖栗子布丁，桌子上擺滿了各種栗子甜品。

泡芙很香甜，布丁很軟滑，可是自己一個人吃甜品，多沒意思啊！

小熊和小狐狸正在空地踢球，笑聲傳到屋裏去。小猴子心想，我剛才把他們趕走，他們會不會生氣呢？

小猴子走過去，不好意思地說：「對不起！剛才是我說謊騙了你們。你們來我家一起吃栗子甜品好嗎？」

小熊和小狐狸最喜歡吃甜品，笑着說：「好呀。」

大家一起聊天，一起吃甜品，比自己一個更開心呢！

文：利倚恩
圖：步葵

衝呀！小企鵝！

睡醒了！

「衝呀！」四隻小企鵝在雪地上橫衝直撞，跑去便利店買冰棒。

企鵝媽媽在後面大聲喊：「你們不要跑太快，小心跌倒啊！」

小企鵝們笑嘻嘻地說：「雪地軟綿綿的，跌倒都不痛啦。」

放學了！

「衝呀！」四隻小企鵝在雪地上橫衝直撞，跑去公園打雪仗。

企鵝老師站在學校門口大聲喊：「你們不要跑太快，小心跌倒啊！」

小企鵝們笑嘻嘻地說：「雪地軟綿綿的，跌倒都不痛啦！」

放假了！

「衝呀！」四隻小企鵝在雪地上橫衝直撞，跑去海邊捉小魚。

企鵝伯伯坐在海邊的石頭上，用手按着胸口，好像很辛苦。

小企鵝們停下來，問：「伯伯，你哪裏不舒服嗎？」

企鵝伯伯説：「我頭暈，胸口痛，走不動了。」

小企鵝們説：「不要怕，我們送你去醫院！」

小企鵝們把四個背包扣在一起，做成一輛特別的雪橇，讓企鵝伯伯坐上去。

「衝呀！」四隻小企鵝拉着雪橇橫衝直撞……啊，差點忘記雪橇上有病人！

小企鵝們說：「我們不要跑太快，小心跌倒啊！」

小企鵝們到醫院了。企鵝醫生為伯伯診治，給他吃藥，伯伯終於恢復精神了。

企鵝伯伯笑着說：「謝謝你們！」

小企鵝們好開心，好想跑回家告訴媽媽呢！

文：馬翠蘿
圖：靜宜

大熊不再發脾氣

姑姑送給大熊一輛遙控車，只要按按遙控器上不同的按鈕，遙控車就會自己跑，會自己左轉或右轉，還會「嗚哇嗚哇」地唱着威風的歌。大熊實在太開心了。

弟弟小熊走來，拿起遙控車就想自己玩。大熊不想給他，一把搶回來。他們搶來搶去的，一不小心就把遙控車掉到地上，「啪」的一聲，車輪都鬆脫了。

「都怪你！」大熊大發脾氣，伸手推了弟弟一把，弟弟馬上大哭起來。

熊爸爸熊媽媽走過來，媽媽抱起大哭的小熊，給他擦眼淚；爸爸拍拍大熊的肩膀，然後把摔壞的遙控車撿起來，細心地修理着。

媽媽給了小熊一塊蜜糖餅，小熊不哭了，他把蜜糖餅分成兩半，一半自己吃，一半給大熊：「哥哥，給你吃！」

媽媽對小熊說：「以後想拿哥哥的玩具，要先得到哥哥的同意，知道嗎？」

小熊點點頭：「嗯。媽媽我知錯了！」

媽媽又對大熊說：「發脾氣是沒用的，遇到自己不能解決的事情，就找爸爸媽媽幫忙。」

大熊點點頭：「嗯！我知道了。」

這時候，爸爸把遙控車修好了，「嗚哇嗚哇」，遙控車又跑起來了。

大熊說：「弟弟，我們一起玩吧！」

小熊說：「謝謝哥哥！」

粵語
朗讀故事

粵語
講故事

普
普通話
朗讀故事

文：利倚恩
圖：Sheung Wong

頑皮的小河

森林裏有一條清澈的河流，河裏有小魚游泳，河邊開滿了色彩繽紛的花。小動物們常常在河邊喝水，也會常常踩在石頭上過河。可是，小河很頑皮，常常捉弄小動物們呢！

小斑馬口渴了，在河邊彎下脖子喝水。小河捲起大浪，把一個蘋果沖過來，塞住小斑馬的嘴巴。

小斑馬生氣了，大聲罵：「真……嗚嗚……可惡……嗚嗚……」蘋果塞住小斑馬的嘴巴，小斑馬說話不清楚，氣得跳來跳去。

小斑馬的樣子太有趣了，小河忍不住哈哈大笑。

小羊提着一籃鮮花過河，走到河中心時，小河捲起大浪，籃子裏的鮮花都濕透了。

小羊生氣了，大聲罵：「真可惡！」

小羊的樣子太有趣了，小河忍不住哈哈大笑。

小熊背着一個大背包過河，差不多走到對岸時，小河捲起大浪，把一根樹枝沖過來，小熊絆倒了，「撲通」一聲掉進水裏。

小熊的樣子太有趣了，小河忍不住哈哈大笑。

小熊想站起來，可是背包太重，試了很多次還是站不起來啊！小熊喊：「哎呀呀，誰來幫幫我？」

啊，小河闖禍了！他十分害怕，馬上捲起大浪，把小熊托起來。

小河說：「對不起！」

小熊說：「謝謝你！」

小熊笑了，小河也笑了。原來，「謝謝你」比「真可惡」好聽得多了。

粵語朗讀故事　粵語講故事　普通話朗讀故事

文：麥曉帆
圖：Spacey Ho

煥然一新的菜市場

小均在家玩遊戲，媽媽提着菜籃子問他：「小均，陪媽媽去菜市場好嗎？」

小均一聽便直搖頭：「我不去！菜市場人又多，地又滑，吵吵鬧鬧的，還充滿着腥臭味呢！」

媽媽笑着回答：「我們屋邨的菜市場剛剛裝修過，已經和以前完全不一樣了，你去看看就知道。」

於是小均半信半疑地跟着媽媽出門去。剛走進新的菜市場，裏面的環境可讓小均歎為觀止呢。

只見菜市場裏不再是黑漆漆、又昏又暗的，而是燈火通明、一片明亮；菜市場的地面不再濕滑得彷彿讓人要滑倒，而是乾爽、潔淨；而菜市場攤檔之間的行人通道也變得很寬闊，讓人能輕易地行走其中。

　　小均拉着媽媽的手，一邊走，一邊東張西望，發現就連菜市場攤檔的種類也多了不少。除了賣菜、賣肉、賣魚之外，還有餐廳、售賣熟食的外賣店等商舖呢。

　　小均和媽媽一起買了很多很多的食材，今天的晚飯可豐富了！

在離開菜市場時，小均一邊幫媽媽提着菜籃子，一邊驚歎着説：「嘩！這裏變得好好逛啊！現在我對菜市場完全改觀了。」

媽媽點頭道：「時代在進步，傳統的菜市場也要與時並進，變得更現代化呢！小均，明天你也想和我一起去買菜嗎？」

「好啊！」

粵語朗讀故事　粵語講故事　普通話朗讀故事

文：麥曉帆
圖：Kiyo Cheung

聰明狗小黃

我家養了一隻金毛尋回犬。牠長着一身金黃色的毛，所以大家都叫牠小黃。

不過，我卻喜歡叫牠「大笨狗」，因為牠來了我家後，天天都在闖禍，有時候叼走媽媽的拖鞋，有時候把姊姊的圖書藏起來，有時候偷吃桌子上的零食，而最讓我煩惱的是，牠每次聽到門鈴聲響起時就會亂叫亂吠……

小黃真是一隻「大笨狗」！

一個星期六早上，媽媽叫我和家傭安利帶小黃到樓下的小公園散步，還一再叫我別跑遠。我卻不理會媽媽的話，趁着安利和同鄉談話，領着小黃去離家好遠的遊樂場玩，直至天都黑了，才想起要回家。當我打算回家時，卻發現自己迷路了。我站在馬路邊又驚又怕，急得快要哭出來了。

小黃在旁邊看着我，好像知道發生了什麼事似的，「汪汪」的吠了兩聲，就扯着狗帶，拖着我往前跑。我不由自主地跟着牠走，走過幾條大街，穿過一個公園，又拐了幾個彎，這時我驚訝地發現，我家所在的大廈竟然就在眼前。原來小黃認得回家的路，把我平安地帶回來了呢。

從那天開始，我決定不再叫小黃「大笨狗」了！因為牠是一隻名副其實的「聰明狗」呢！

粵語
朗讀故事

粵語
講故事

普通話
朗讀故事

文：麥曉帆
圖：步葵

隱形奇俠

時間來到晚上九點半，又是時候睡覺了，我卻不肯回房間。爸爸奇怪地問我為什麼。

我惶恐不安地說：「因為房間裏一關上燈，就會變得好黑好黑，什麼也看不見，就算有怪物躲在角落裏，我也不知道呢。」

爸爸向我解釋道：「不用怕，這個世界上並沒有怪物。」

我說：「但我還是害怕啊，就算我知道這個世界上沒有怪物，我的想像力還是會跑出來作怪，害我一直睡不着呢！」

爸爸想了想，便想出了一個好主意，對我說：「我有一個辦法！每次你呆在黑暗的房間裏，害怕有怪物埋伏在角落裏時，就運用你的想像力，想像有一位『隱形奇俠』在保護你。」

聽了爸爸的話後，我便半信半疑地回到房間裏。一關上燈，房間立即變得好黑好黑。我馬上按爸爸的話去做，想像出一個「隱形奇俠」來：他高大強壯、智勇雙全，還披着一件威風的披風呢！

我想像他在房間裏到處巡邏，無論是牀底下、窗簾後、衣櫃裏，都會一絲不漏地仔細搜查一遍，確保沒有怪物躲藏。當他確保房間安全之後，便悄悄地離開了。

這一個晚上，我睡得特別安穩、特別香甜呢！

粵語
朗讀故事

粵語
講故事

普通話
朗讀故事

文：馬翠蘿
圖：麻生圭

雪雪的新裙子

雪雪家有一張漂亮的牀單，上面印着很多彎彎的月亮和閃閃的星星。

每天夜裏，雪雪躺在牀上，睡夢中總夢見自己飛上了美麗的天空，和星星、月亮玩捉迷藏。

牀單用久了，破了幾個洞，不能再用了。媽媽買了一張新牀單給雪雪，把星月牀單換了下來。雪雪很捨不得，因為沒有了星月牀單，自己就不會再夢見星星和月亮了。

　　幾天後，媽媽送給雪雪一條新裙子。雪雪高興得跳了起來，因為裙子上面也印着星星和月亮呢！雪雪馬上把裙子穿上，她站在鏡子前面左看右看，突然發現，這裙子的圖案怎麼跟那張星月牀單一模一樣的呢？

　　雪雪跑去問媽媽，媽媽笑着説：「因為這條裙子就是用那張牀單做的呀。」

　　雪雪驚訝得睜大了眼睛：「真的？那張牀單不是破了很多個洞嗎？」

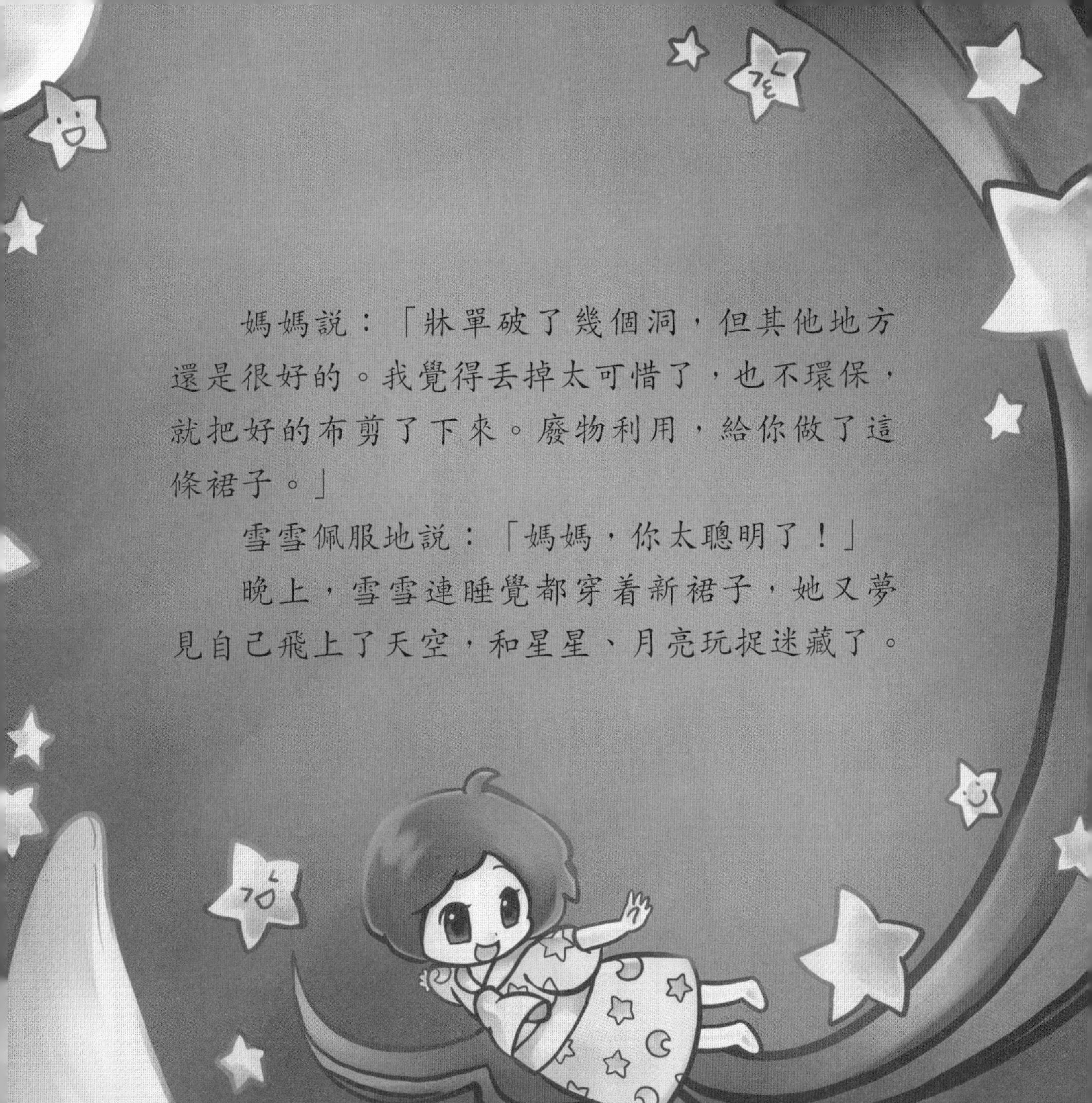

媽媽說：「牀單破了幾個洞，但其他地方還是很好的。我覺得丟掉太可惜了，也不環保，就把好的布剪了下來。廢物利用，給你做了這條裙子。」

雪雪佩服地說：「媽媽，你太聰明了！」

晚上，雪雪連睡覺都穿着新裙子，她又夢見自己飛上了天空，和星星、月亮玩捉迷藏了。

粵語
講故事

OK
孩子錄音

文：麥曉帆
圖：陳子沖

小浣熊沒生病

今天，森林王國裏的動物們一起去郊遊，大家走到一條小河邊，看見風景漂亮極了，便決定坐在河邊的草地上野餐。

大家紛紛從背包中拿出自己喜歡的食物：小兔子拿出紅蘿蔔，熊貓拿出竹筍，小猴子拿出桃子，小豬拿出梨子，小浣熊拿出大蘋果，開開心心地吃了起來。

小動物們吃完東西，便繼續往前走。哪知道，才走了一會兒，便覺得肚子不舒服，大家紛紛坐在地上，捂着肚子，嚷着：「好痛啊！好痛啊！」

只有小浣熊什麼事都沒有。於是，他便臨時當起「動物醫生」來，一會兒把藥分給大家吃、一會兒替大家抹汗、一會兒替大家揉肚子……

在小浣熊的細心照顧下，大家很快便好起來了。

這時，小兔子覺得很奇怪，問道：「小浣熊，為什麼只有你沒有肚子痛呢？」

小浣熊想了想，說：「哦，可能是因為我習慣在吃水果之前，先把它洗乾淨吧！剛才野餐之前，只有我曾到河邊洗蘋果，所以才沒事。」

聽見小浣熊的話，動物們都恍然大悟，大家紛紛說：「原來如此！看來以後我們吃水果前，都應該先用水洗一洗呢！」

粵語 朗讀故事 粵語 講故事 普通話 朗讀故事

文：馬翠蘿
圖：陳子沖

夏天穿毛衣的小猴子

大清早，小猴子就到樹林裏玩了。炎熱的夏天，呆在家裏好熱啊！

小猴子一蹦一跳的，他突然絆到了什麼，差點摔倒在地。一看，地上有一件毛衣。

小猴子把毛衣撿起來，好好看的綠色毛衣啊，上面還繡了幾朵小紅花。小猴子大聲喊了起來：「誰的毛衣？誰的毛衣？」

沒有任何回應。

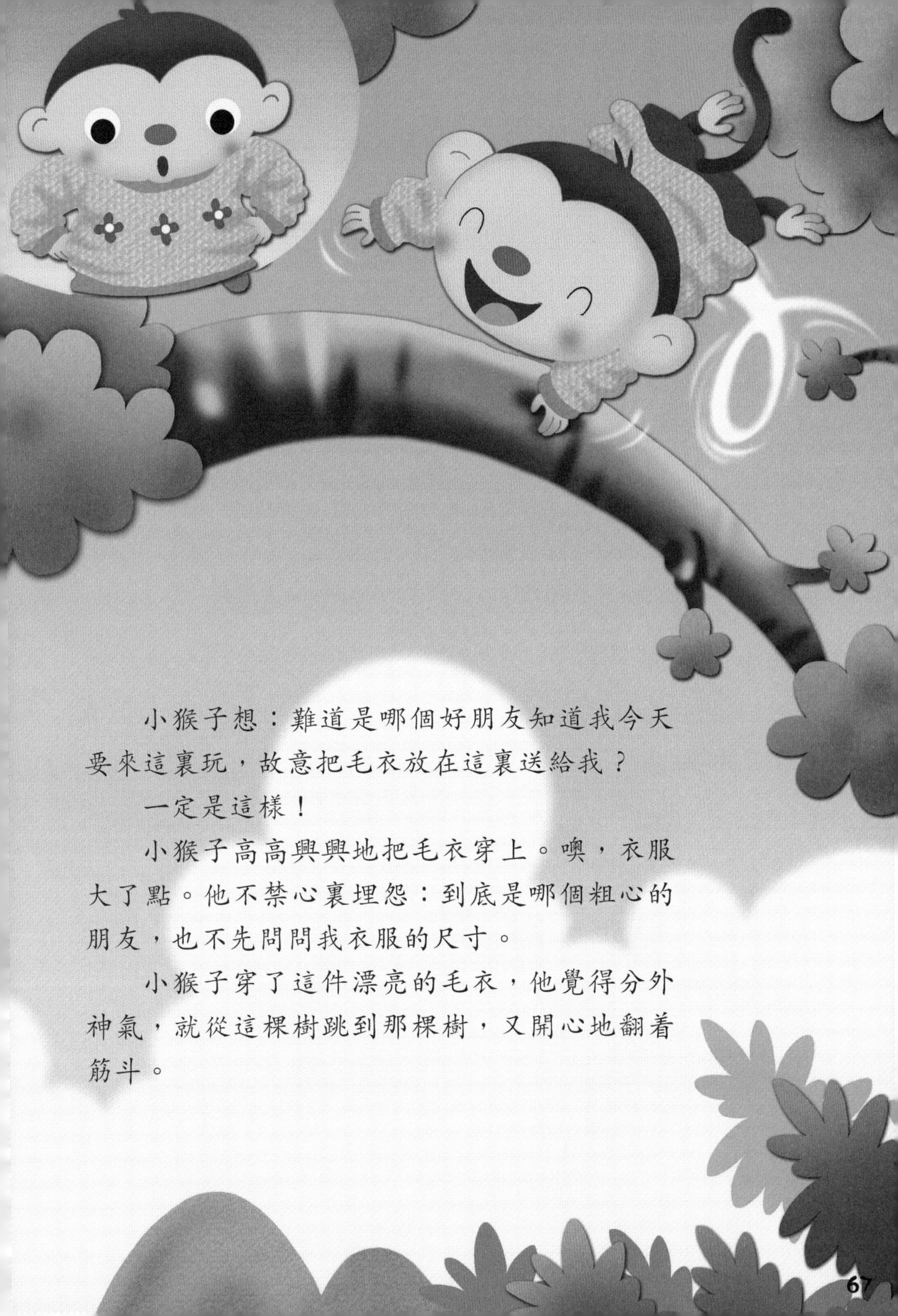

小猴子想：難道是哪個好朋友知道我今天要來這裏玩，故意把毛衣放在這裏送給我？

一定是這樣！

小猴子高高興興地把毛衣穿上。噢，衣服大了點。他不禁心裏埋怨：到底是哪個粗心的朋友，也不先問問我衣服的尺寸。

小猴子穿了這件漂亮的毛衣，他覺得分外神氣，就從這棵樹跳到那棵樹，又開心地翻着筋斗。

但是，他很快就覺得很不舒服。他坐在樹上，呆呆地想：怎麼今天覺得特別悶熱？怎麼今天汗出得特別多？怎麼腦袋好昏好昏……

他在樹上坐不穩，身子一歪掉下去了。

幸好被一雙有力的手接住了——原來是猴爸爸！

猴爸爸吃驚地問：「孩子，你怎麼了？」

小猴子説：「爸爸，我身上好燙，我可能發燒了。」

猴爸爸一看：「大熱天，你怎麼穿着毛衣，怪不得你説身上燙！」

猴爸爸趕緊替小猴子脫下毛衣，又找來一塊大葉子給他搧風，一會兒，小猴子就沒事了。

猴爸爸說：「毛衣是冬天穿的，以後不要再做這樣的傻事了！」

小猴子聽話地點着頭。

這時候，猴姨姨來了，見到猴爸爸手上的毛衣，高興地說：「昨天我把毛衣拿出來晾曬，忘了拿走，謝謝你們幫我撿起來！」

文：利倚恩
圖：阿葵

蒙面小熊

春天到了，太陽高高掛，小熊村暖洋洋。

小熊們到山坡上採摘小花：第一隻小熊數數花瓣，第二隻小熊聞聞花香，第三隻小熊親親花兒，第四隻小熊戴上口罩，看不到臉孔啊！

小熊安安問：「小熊，小熊，你是誰？」

蒙面小熊發出「咳咳咳咳」的聲音。安安抓抓頭，不知道他是誰。

小熊們在課室裏排排坐：第一隻小熊嘟嘟嘴，第二隻小熊搓搓鼻，第三隻小熊眨眨眼，第四隻小熊戴上口罩，看不到臉孔啊！
小熊琪琪問：「小熊，小熊，你是誰？」
蒙面小熊發出「哈啾哈啾」的聲音。琪琪歪歪頭，不知道他是誰。

小熊們排隊檢查身體：第一隻小熊量身高，第二隻小熊量體重，第三隻小熊量爪長，第四隻小熊戴上口罩，看不到臉孔啊！

小熊波波問：「小熊，小熊，你是誰？」

蒙面小熊除下口罩。看呀，他是叮叮啊！

熊醫生笑呵呵，說：「叮叮感冒了，他怕把病菌傳染給你們，所以戴上口罩。」

波波取了一個新口罩，在口罩上畫上鼻子和嘴巴。她把口罩送給叮叮，說：「你戴上這個口罩，我們就會認得你是叮叮了。」

叮叮很喜歡這個特別的口罩，笑得很開心呢！

文：馬翠蘿
圖：伍中仁

小花狗迷路了

小花狗搬新家，新鄰居小黑狗和小黃狗都來幫忙，小花狗很感激他們。

小花狗想請新鄰居吃晚飯，於是出門去買食物。回來時天已經黑了，小花狗找不到回家的路。

小花狗又冷又餓地走着，突然見到黑暗中有一堆火。小花狗趕緊走過去，坐在火堆旁邊。啊！火真暖和。

一閃一閃的火，又明亮又好看，小花狗忍不住伸出手摸了一下，但他馬上痛得「啊」的叫了一聲，趕緊縮回手。原來火不能用手摸，給燙着了會很痛呢！

小花狗肚子餓了，他想起自己買了一些肉，急忙拿出來用樹枝插着，放在火上烤。啊！用火烤的肉，原來很香呢！

小花狗吃完東西，又找來一些樹枝，點着了來做火把。小花狗舉着火把繼續往前走，火光把路照得明晃晃的，小花狗很快就找到了回家的路。

回家路上，小花狗看見前面有兩團火光，原來是小黑狗和小黃狗舉着火把來找他呢！

小黑狗說：「我們本來不知道你在哪裏，後來見到火光，才往這邊走來，沒想到真的找到你！」

小花狗向火說：「謝謝你幫了我這麼多忙。」

火一跳一跳的，好像在說：「不用謝，不用謝！」

粵語朗讀故事　粵語講故事　普通話朗讀故事

文：麥曉帆
圖：Elaine-Arche Workshop

四隻眼睛的小兔

小兔圓圓本來只有兩隻眼睛，一隻左眼、一隻右眼。但是最近，他竟然多了兩隻眼睛，成了「四眼小兔」。啊，這是為什麼？

圓圓是個小電視迷。每天從幼稚園回到家，就坐在電視機前，玩玩具時看，做功課時看，就連吃飯時，一邊夾菜，眼睛仍然一眨不眨地盯着電視看。

　　離開電視機後，圓圓又坐在電腦前玩電子遊戲，玩得高興時，眼睛離電腦越來越近，連鼻子也差不多要貼上去了。

晚上圓圓總是不想睡覺，他躲在被窩裏，打開小電筒偷偷看漫畫書，直到睏得睜不開眼，才閉上眼睛睡覺。

終於有一天，圓圓的眼睛看什麼都模糊一片，原來他患上近視了，沒有辦法，只好戴上眼鏡。從此圓圓多了兩隻眼睛，變成了「四眼小兔」。

圓圓很不開心：「真不公平，為什麼我要戴這副笨重的眼鏡？」

兔媽媽說：「你自己想一想，為什麼呢？」

圓圓想了想，不好意思地低下頭。都怪自己平時不好好愛護眼睛呀！

普

普通話
朗讀故事

文：利倚恩
圖：Monkey

小鳥去旅行

小鳥們今天好高興，因為他們要出發去旅行呢！

藍藍的天空，白白的雲，小鳥們拍着漂亮的翅膀，在天空飛呀飛。他們都有兩隻長翅膀，飛得很快啊！只有小鳥比比是例外，她有一隻長翅膀和一隻短翅膀，飛得很慢呢！

小鳥們飛到熱熱鬧鬧的公園，看見有很多小動物在溜滑梯、盪鞦韆、坐蹺蹺板。比比落後了，小鳥們有的飛到左邊去，有的飛到右邊去，陪着比比一起慢慢地向前飛。

比比問：「我們去哪裏？」

小鳥說：「快到了，快到了，加油啊！」

小鳥們飛到密密麻麻的樹林，看見小松鼠和小猴子在玩捉迷藏。比比疲倦了，小鳥們你挨着我，我挨着你，一起站在樹上休息。

比比問：「我們去哪裏？」

小鳥説：「快到了，快到了，加油啊！」

小鳥們飛到彎彎曲曲的河流，看見小河馬和小野豬在河裏嬉水。大風吹起了，比比在空中左搖搖，右擺擺。小鳥們圍成一個圈，包圍着比比，不讓大風吹走她。

比比問：「我們去哪裏？」

小鳥說：「快到了，快到了，加油啊！」

看呀！綠綠的草，紅紅的花，蝴蝶在花叢中飛舞，多麼美麗的山丘啊！

小鳥笑着說：「我們來到目的地了。」

「吱吱吱！」小鳥們一起唱歌。

「哈哈哈！」小鳥們和蝴蝶們一起跳舞。

雖然比比的翅膀和其他小鳥不同，但她和大家一樣開心，旅行真好玩啊！

粵語
朗讀故事

粵語
講故事

普
普通話
朗讀故事

文：馬翠蘿
圖：立雄

小猴不是笨孩子

小猴子老是覺得自己是個笨孩子。不是嘛？自己不像小魚會游泳，也不像小鳥會唱歌，也不像小蜜蜂會採蜜，一天到晚只會在樹上爬來爬去。

動物王國舉辦運動會，這天，小動物個個都興致勃勃地填寫報名表，報名參加自己最拿手的項目。小猴子拿着報名表，不知道笨孩子可以參加什麼。他看了一下小伙伴們的報名表：青蛙參加跳水，小兔參加跳遠，小貓參加跳高……

小猴子咬着筆桿想了半天，還是想不出自己可以參加什麼，他只覺得自己很沒用。

小狗拿着報名表走過來，小猴子問：「小狗，你準備參加什麼項目呀？」

小狗說：「我跑得快，當然是參加跑步了。」

小猴子很羨慕，說：「你們都很了不起，不像我這個笨孩子，什麼都不會。」

小狗說：「你一點也不笨！你身手敏捷，爬樹很快，誰也比不上你。」

小猴子搔搔腦袋，說：「啊，運動會有爬樹這個項目嗎？」

小狗說：「你可以參加攀岩啊！你會爬樹，攀岩一定也不錯。」

小狗的話提醒了小猴子，對，自己就報名參加攀岩。

運動會結束了，小猴子得了攀岩第一名。小猴子很高興，他發現原來自己也有長處，比起小伙伴們來一點也不差。

粵語
朗讀故事

粵語
講故事

普通話
朗讀故事

OK
爸媽錄音

文：麥曉帆
圖：立雄

閱讀有什麼好啊？

小犀牛喜歡閱讀，他的朋友小狐狸卻不喜歡，還經常問：「閱讀有什麼好？」

有一天，剛好他們的椅子都壞了。小犀牛看了一本工具書，幾下子就將椅子修好了；小狐狸卻只能天天坐着只有三條腿的椅子，好不難受。

有一天，他們想計算自己住的房子有多大。小犀牛利用數學書中的算式，很快就計算出來了；小狐狸就一直看着房頂發呆，不知從何算起。

有一天，他們一大早就外出辦事。小犀牛翻查手中的地圖書，不一會兒就找到要去的地方；小狐狸走不了多久就迷路了，直到天黑，星星都出來了才趕到目的地。

有一天，他們田裏的農作物出現了害蟲。小犀牛根據書上說的方法，對症下藥，很快就將害蟲趕走了；小狐狸卻不知怎麼辦才好，直到小犀牛幫助才解決了問題。

有一天，他們呆在家裏沒事幹。小犀牛一口氣看了幾本童話書，既開心又學到了知識；小狐狸就坐在地上數螞蟻，一、二、三、四……無聊得發慌。

小朋友，看了小犀牛和小狐狸的故事，你們説，閱讀究竟好還是不好？

粵語朗讀故事　粵語講故事　普通話朗讀故事

OK 孩子錄音

文：麥曉帆
圖：立雄

時間小偷

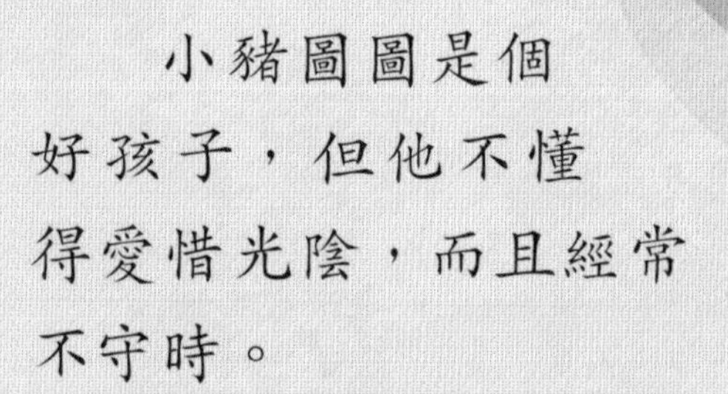

小豬圖圖是個好孩子，但他不懂得愛惜光陰，而且經常不守時。

這天早上，鬧鐘響了又響，圖圖翻了個身又睡着了，結果錯過了吃早餐的時間。圖圖埋怨説：「都是時間小偷的錯，把我的早餐時間偷走了！」

這天中午，圖圖約了同學一起去踢球，但他顧着挑衣服穿，結果錯過了巴士，讓同學等了他很久。圖圖埋怨說：「都是時間小偷的錯，害我遲了出門呢。」

這天下午，圖圖準備去參加朋友的生日會，但他顧着逛玩具店，結果去到朋友家裏時，生日會已經結束了。圖圖埋怨說：「都是時間小偷的錯，害我沒蛋糕吃。」

這天晚上，媽媽吩咐圖圖做家務，但他只顧着玩電子遊戲，直到睡覺也沒做家務。圖圖埋怨說：「都是時間小偷的錯，害我沒時間做家務。」

那天在睡夢中，圖圖追上了時間小偷。

圖圖生氣地喊道：「時間小偷你別走，把我的時間還給我！」

時間小偷笑着說：「嘿嘿，要不是你不珍惜時間，我又怎會得手呢？」

圖圖這才明白了，原來責任在自己身上。

這時鬧鐘又響了，圖圖本想再睡一會兒，但他想起時間小偷的話，立即就起牀了。

他決定從此要守時，並且珍惜光陰，不讓時間小偷有機可乘了！

粵語
朗讀故事

粵語
講故事

普通話
朗讀故事

文：麥曉帆
圖：步葵

乖乖坐巴士

從前有一隻小猴子名叫乖乖，雖然名字很可愛，但他其實很頑皮呢！

今天是星期天，乖乖跟着爸爸媽媽去逛街。他們來到巴士站，只見候車乘客有很多，但是大家都很守紀律排隊。不過當巴士進站時，乖乖卻一溜煙跑到隊伍前頭插隊。

上到巴士後，乖乖對老爺爺、老奶奶也毫不禮讓，大搖大擺地搶佔座位。爸爸媽媽叫他把座位讓出來，他也不聽，只是扁嘴又搖頭。

在乘車途中，乖乖也不安靜，一邊大呼小叫，一邊爬高爬低，淘氣得很。然後他又在車廂裏面吃東西，還四處亂扔香蕉皮和糖果紙。

巴士一到站，乖乖便急不及待地往車外跑去，誰知道他一不小心，踩中自己扔的香蕉皮，摔在地上好狼狽！爸爸媽媽連忙扶起了乖乖，乘客們也紛紛問他痛不痛、有沒有受傷。

下車後，爸爸媽媽耐心地對乖乖說，乘巴士時要守禮，否則就會影響自己和別人。然後，爸爸媽媽告訴乖乖怎樣才是一個好乘客。

聽到這裏，乖乖總算明白了：等候巴士要排隊，坐車時不要吵鬧和嬉戲，還要讓座給有需要的人……

乖乖決定要改正，尊重別人和自己，從此做個好乘客！

粵語朗讀故事　粵語講故事　普通話朗讀故事

文：麥曉帆
圖：美心

小狗過馬路

小狗上學去，他背着小書包，蹦蹦跳跳地走着。學校離小狗的家不遠，出門後沿着馬路走七八百米，再過對面便到了。

走着走着，小狗遇上了小豬姐姐。小豬姐姐說：「小狗，你要過馬路嗎？和我一起走行人天橋吧。」

小狗說：「我不要，我不要，要走那麼多的梯級，太累了。」

跟小豬姐姐告別後，小狗繼續往前走，他又遇上了松鼠哥哥。松鼠哥哥說：「小狗，你要過馬路嗎？和我一起走行人隧道吧。」

小狗說：「我不要，我不要，要走那麼長的斜坡，太麻煩了。」

跟松鼠哥哥告別後，小狗繼續往前走，又遇上了老牛叔叔。老牛叔叔說：「小狗，你要過馬路嗎？和我一起在這兒等綠燈亮起，再過馬路吧。」

小狗說：「我不要，我不要，要等綠燈亮起，太麻煩了。」

跟老牛叔叔告別後，小狗繼續往前走，很快就走到學校對面。小狗想過馬路，卻看見數不清的汽車在馬路上飛快地駛過，太危險了！可是再不過馬路的話，小狗就會遲到了。小狗想不到辦法，一時着急哭了起來。

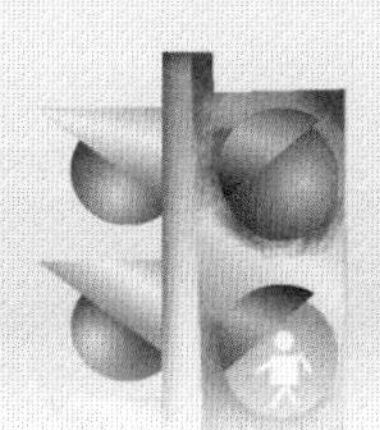

路過的大象阿姨看見，便對他說：「傻孩子，行人天橋、行人隧道和交通燈，都是讓我們安全地過馬路的設施啊！雖然使用它們會麻煩一點，但安全第一才是最重要的！」

於是大象阿姨帶着小狗往回走，利用交通燈順利地横過了馬路。小狗到達學校時，上課鈴還沒響呢。

小狗向大象阿姨道謝，還答應她以後都會利用交通設施過馬路了。

粵語
朗讀故事

粵語
講故事

普通話
朗讀故事

OK
孩子錄音

文：馬翠蘿
圖：Monkey

樂羊羊坐火車

嘟嘟～

羊媽媽帶着樂羊羊去探望外公。

媽媽説：「我們坐火車去外公家，又方便，又舒適，而且可以節省時間。」

媽媽牽着樂羊羊的手，乘搭扶手電梯來到月台。咦，剛好有車！這時傳來「嘟嘟嘟」的聲音，表示快要關門了。

「媽媽，快跑！」樂羊羊牽着媽媽的手，準備跑進車廂。

「不要！」媽媽拉着樂羊羊，說，「當列車發出關門信號時，是不可以衝進去的，因為那樣做十分危險。」

「哦，我知道了。」樂羊羊點點頭。

下一班列車很快來了，媽媽帶着樂羊羊走進車廂，找了座位坐下來。

樂羊羊說：「媽媽，我肚子餓了，能吃塊點心嗎？」

媽媽指指車廂裏一個標誌，說：「我們要保持車廂清潔，所以有些事情不可以做呢。你唸唸標誌上的字。」

樂羊羊唸道：「『請勿飲食』。哦，我明白了，我不吃點心了。」

這時候，列車進站了，拄着枴杖的猴子叔叔走進車廂。樂羊羊看見了，馬上站起來，讓座給猴子叔叔。

猴子叔叔說樂羊羊是乖孩子。樂羊羊說：「應該的。這是『優先座』，是專門給有需要的人優先使用。我媽媽肚子裏有小羊羊，所以她有需要坐下，叔叔的腳受傷了，也有需要坐下。」

坐在媽媽旁邊的熊爺爺說：「孩子，你也累了！好孩子，爺爺抱你。」

樂羊羊開心地說：「謝謝熊爺爺！」

粵語
朗讀故事

粵語
講故事

普通話
朗讀故事

OK
孩子錄音

文：馬翠蘿
圖：Monkey

我叫司徒文

余小欣第一天上幼稚園，見到很多小朋友，她可開心了。她跟坐在身邊的小男孩打招呼：「你好，我叫余小欣。」

小男孩很有禮貌地回答：「小欣你好，我叫司徒文。」

余小欣從口袋裏拿出糖果，說：「徒文，請你吃糖果。」

司徒文接過糖果，說：「謝謝小欣。不過你別叫我徒文，因為我的名字只有一個字，叫文。」

　　余小欣摸摸腦袋，感到很奇怪：「你不是叫司徒文嗎？姓司，叫徒文呀！」

　　司徒文笑嘻嘻地說：「不是啊，我姓司徒，名叫文。」

　　余小欣驚訝地睜大眼睛，接着使勁搖頭，說：「你騙我！姓不是都只有一個字的嗎？就像我，姓余，叫小欣。怎麼會有兩個字的姓呢！」

余 小欣？
司徒 文？

這時王老師走過來了，問：「小欣，文文，在說些什麼呀？」

余小欣說：「王老師，司徒文說他不姓司，姓司徒。可是，怎麼會有兩個字的姓呢？」

王老師摸摸小欣的頭髮，笑着說：「文文說得對，他的確姓司徒。我們中國人的姓氏當中，有些是有兩個字的，除了司徒，還有司馬、歐陽等等，很多呢！」

余小欣邊聽邊點頭。然後，她對司徒文說：「對不起，我剛才還說你騙我呢！」

司徒文說：「沒關係。」

余小欣高興地拉着司徒文的手，說：「那我以後也叫你文文。文文，我們一塊去玩砌積木好不好？」

司徒文點點頭，說：「好啊！」

粵語
朗讀故事

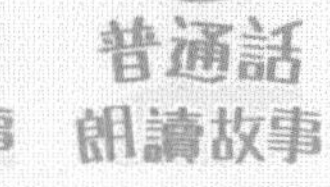
粵語
講故事

普通話
朗讀故事

OK
孩子錄音

文：馬翠蘿
圖：Monkey

分蘿蔔

從前有兩隻白兔，大的叫大白，小的叫小白。

有一天，大白和小白幫助兔奶奶拔蘿蔔，他們忙了一整天，終於把田裏的蘿蔔全部拔起來，又幫兔奶奶把蘿蔔搬回了家。

兔奶奶挑了一些又大又紅的蘿蔔，對大白和小白說：「你們真是好孩子，這些蘿蔔送給你們吃！」

「謝謝兔奶奶！」大白和小白很高興。

於是，兩隻白兔用樹枝編了一個小筐，又找了一根粗樹枝當扁擔，嘿喲嘿喲把蘿蔔抬了回去，放在家門口。

大白把蘿蔔分成兩份，說：「小白，左邊這份現在吃，右邊這份晚上吃。」

小白說：「我總覺得左邊這份比右邊這份多。」於是把左邊的蘿蔔拿了一根到右邊去。

大白說：「哎呀，右邊這份多了。」又把右邊的蘿蔔拿了一根到左邊去。

兩隻白兔吵來吵去，老是覺得兩份蘿蔔不是一樣多。

猴子哥哥走過來，說：「要想分得一樣多，你們可以數數啊！」

「怎麼數？」兩隻白兔一齊問。

猴子哥哥先把全部蘿蔔數了一遍，說：「一共是十二根。十二根分成兩份，一份就是六根，六根現在吃，另外六根晚上吃，數目剛剛好。」

大白和小白高興地一齊喊：「謝謝猴子哥哥！」

文：馬翠蘿
圖：藍曉

小豬的小背囊

小貓和小豬約好去森林旅行，小貓見到小豬背着一個脹鼓鼓的小背囊，便問：「小豬，你帶了些什麼呀？」

小豬打開小背囊，裏面有一瓶水、一袋食物，還有手電筒、指南針。

小貓說：「帶着東西多麻煩啊！尤其是這手電筒，現在又不是夜晚，帶來幹什麼？還有這指南針，我們也不是不認得路，帶來有什麼用？」

小豬說：「外出旅行時，應該要做好充分準備呢。」

小貓和小豬走進森林採野花、撲蝴蝶、捉迷藏，玩得十分開心。他們忘了時間，忘了記住腳下的路，到了天漸漸變黑，他們想回家的時候才發現迷路了。

小貓哭着說：「嗚嗚嗚，我口渴了！」

小豬從小背囊裏拿出水壺遞給小貓說：「別哭，這裏有水呢！」

小貓喝完水又哭了。他說：「嗚嗚嗚，我肚子餓了！」

小豬從小背囊裏拿出食物遞給小貓說：「別哭，這裏有東西吃！」

小貓喝完水，吃完東西，又哭起來了。他說：「嗚嗚嗚，我要回家！」

小豬從小背囊裏拿出指南針，說：「我們的家在北邊，只要按着這指南針指的方向走，就可以找到回家的路了。」

小豬一手牽着小貓，一手拿着手電筒，一邊走一邊把手電筒晃來晃去。小貓問：「你在幹什麼呀？」

小豬説：「我們的家人一定在找我們，我正用亮光引起他們注意呢。」

不一會兒，豬爸爸和貓爸爸找來了，他們果然是被手電筒的光引來的。

小豬放進小背囊裏的東西，幫助她和小貓找到了回家的路，小豬真是厲害呢。

粵語
朗讀故事

粵語
講故事

普通話
朗讀故事

文：馬翠蘿
圖：HoiLam

會移動的家

小蝸牛和小螞蟻在路上碰見了。他們一個去看外婆，一個去探望爺爺。

小蝸牛和小螞蟻決定一起走。

小螞蟻看到小蝸牛背着小房子走得很辛苦，便嘲笑他：「你們蝸牛真笨，為什麼要把這又笨又重的房子背在身上呢？還是我們螞蟻的家最好，牢固、舒服，道路四通八達，還冬暖夏涼呢。趕快把你的房子扔了吧，打造一間像我們家那樣的房子。」

小蝸牛搖搖頭說：「每種動物都有自己不同的家，不同的生活習慣。我很喜歡自己會移動的家。」

小螞蟻說：「那你就背着房子慢慢走吧，我不等你了。」小螞蟻說完，自己走了。

這時候，天上下起雨來。小蝸牛爬上了一塊小石頭，然後把身體縮進房子裏，雨淋不到，水淹不着，舒舒服服地等待雨停下來。

「救命啊！」小蝸牛突然聽到呼救的聲音，他伸頭一看，原來是小螞蟻被雨水沖回來了。小螞蟻正拚命地抓着小石頭下面的一根草，眼看他就要被雨水沖走了。

小蝸牛趕緊幫助小螞蟻爬上小石頭，再爬進他的小房子裏。小螞蟻在小蝸牛的家裏感到又安全又溫暖，他不好意思地說：「小蝸牛，對不起，我剛才不應該瞧不起你的房子的。」

小蝸牛說：「沒關係！」

不一會兒，雨停了，小蝸牛和小螞蟻又結伴上路了。

親子閱讀故事集 1

作　　者：馬翠蘿　麥曉帆　利倚恩
繪　　圖：Elaine-Arche Workshop　HoiLam　Kiyo Cheung　Monkey
ruru lo Cheng　Sheung Wong　Spacey Ho　步葵　立雄
靜宜　陳子沖　美心　藍曉　阿葵　伍中仁　麻生圭
責任編輯：龐頌恩
美術設計：陳雅琳
出　　版：新雅文化事業有限公司
香港英皇道499號北角工業大廈18樓
電話：（852）2138 7998
傳真：（852）2597 4003
網址：http://www.sunya.com.hk
電郵：marketing@sunya.com.hk
發　　行：香港聯合書刊物流有限公司
香港荃灣德士古道220-248號荃灣工業中心16樓
電話：（852）2150 2100　傳真：（852）2407 3062
電郵：info@suplogistics.com.hk
印　　刷：中華商務彩色印刷有限公司
香港新界大埔汀麗路36號
版　　次：二〇二〇年六月初版
二〇二三年一月第五次印刷

ISBN: 978-962-08-7400-0

18/F, North Point Industrial Building, 499 King's Road, Hong Kong
Published in Hong Kong SAR, China
Printed in China

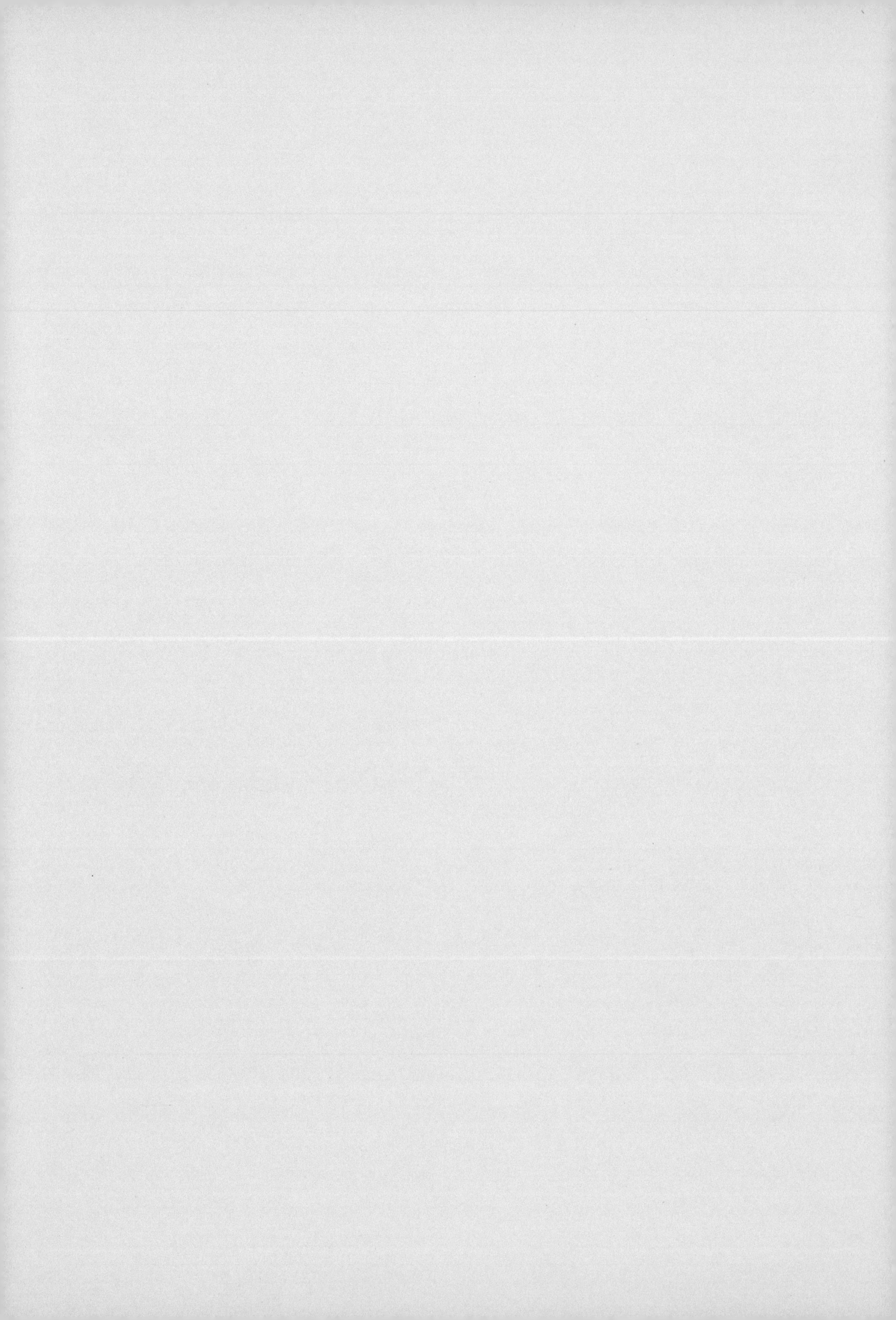